LES FASTES

DE

LOUIS LE GRAND.

A PARIS,

Chez JEAN ANISSON, Directeur de l'Impri-
merie Royale, ruë Saint Jacques,
à la Fleur de Lis de Florence.

M. DC. XCIV.

AU ROY.

Sire,

Les Fastes que j'ay l'honneur de présenter à Vôtre Majesté, ne sont qu'une suite exacte des événemens les plus distinguez de son regne, rapportez chacun en son temps avec toute la briéveté possible. Comme ce sont-là les seuls ornemens, dont cette sorte d'ouvrage est capable, il ne faut pas s'étonner si jusqu'icy l'on n'a dressé les Fastes d'aucun Prince en particulier : les autres regnes étoient ou trop courts, ou trop vuides, pour fournir ſeuls un nombre de faits aſſez conſidérables. Rome ſeule, & encore Rome dans ſes beaux ſiecles, nous en a laiſſé un modelle, qui tout a-chevé qu'il eſt, n'effacera jamais ce qu'a fait VÔTRE MAJESTE'. Les Princes, & particulierement ceux qui aſpirent à devenir Héros, n'ont pas le temps de lire beaucoup : mais un coup d'œil leur en fera plus découvrir icy, qu'ils n'en pour-ront jamais entreprendre. Toutes les na-tions y trouvent quelque choſe qui les intereſſe. La France y voit en un mo-ment toutes ſes nouvelles Provinces ; elle y lit avec plaiſir les noms de ces grands Hommes que V. M. a formez au-tant par ſon exemple que par ſes lumie-res ; & à la teſte de ceux qui en ont le plus profité, quelle joye pour elle, de voir Monseigneur, ce Prince dont l'intrepidité, la prudence & la rapidité, selon les occasions, secondent si glorieusement les desseins de V. M. La Religion, SIRE, qui est l'ame de ces grandes actions de V. M. luy fera aussi remarquer, que si vous avez déja fait mille grandes choses pour la gloire de Dieu, la reconnoissance vous engage à continuer, puisque Dieu ne s'est jamais déclaré pour aucun Prince ni si hautement ni si constamment que pour V. M.

S'il étoit permis à des particuliers d'occuper quelques lignes des Fastes de LOUIS-LE-GRAND, je n'aurois pû me dispenser d'y marquer les bontez dont V. M. a comblé nôtre Compagnie, & le 7ᵉ d'Avril 1682. n'auroit pas échap-

pé à une personne qui écrit dans le Col-
lege qui a l'honneur depuis ce temps-là
de porter son Auguste Nom. Mais il y
a trop de choses d'une plus grande con-
séquence, à mettre dans un monument
de cette nature. Souffrez seulement que
je me dise avec un profond respect,

SIRE,

DE VÔTRE MAJESTE',

Le tres-humble, tres-obeïssant &
tres-fidelle serviteur & sujet,
J. E. Du Londel,
de la Comp. de Jesus.

AVERTISSEMENT.

L'Edition *Latine des Faſtes de Loüis-le-Grand,* ayant eû l'aprobation de quelques perſonnes de merite, peut-eſtre plûtoſt à cauſe de la beauté & de l'utilité du deſſein, que pour l'éxécution même ; on a crû que la traduction n'en ſeroit pas déſagreable. Deux ou trois excellentes plumes qui ſe ſont préſentées pour la faire, ſi celuy qui a publié le Latin ne l'entreprenoit pas, y auroient pû donner beaucoup d'agrément ; mais il avoit déja reçû ordre de commencer.

Au reſte, on voit aſſez que ce n'eſt icy ni l'Hiſtoire ni le Panegyrique du Roy : il faut eſtre autoriſé pour travailler à celle-là ; & Sa Majeſté eſt trop au-deſſus des éloges. Mais à cela prés, il n'y a gueres de monument qui puiſſe donner une plus haute idée de ſon regne, que celuy-cy, où l'on voit d'un coup d'œil, & ſans embarras cette ſuite d'evénemens mémorables, chacun dans ſon point.

C'eſt ainſi que les Romains nous ont laiſſé dans leurs Faſtes, ſoit hiſtoriques, ſoit Conſulaires, les

plus vives marques de l'antiquité & de leur gran-
deur : & c'est pour les imiter qu'on a osé mettre
dans nostre Langue ce mot de Fastes, comme déja
consacré. C'est aussi à leur exemple, qu'on a eû
assez de bonne foy pour ne pas dissimuler, lors
qu'il se rencontre un evénement moins heureux
qu'à l'ordinaire. Il est vray qu'il y en a si peu
de cette nature parmi un nombre infini de faits
éclatans, & que la pluspart tombent dans des
temps si éloignez, tels que sont ceux d'une mino-
rité, qu'on peut dire avec un ancien, qu'ils ser-
vent à relever les heureux succés, principale-
ment quand ceux-cy sont ordinaires : mais enfin
ce ne seroit pas écrire des Fastes, ni donner des
guides à l'histoire, que de ne marquer que les
avantages.

Quelqu'un pourra penser qu'on a dû precisé-
ment commencer au 14 de May de 1643, puis
qu'on fait profession de ne mettre dans ces Fastes
que ce qui a quelque liaison avec le Regne de
Sa Majesté : on eust suivi cette pensée si le Roy
n'étoit pas monté sur le Thrône à quatre ans &

demy, si sa naissance ne sembloit pas avoir redoublé le bonheur des armes de Loüis-le-Juste, ou enfin si son regne avoit commencé dans un temps de Paix, qui n'oblige pas à s'informer de l'état où se trouve tout le monde ; au lieu que tombant dans un temps de Guerre, les evénemens precédens qu'on a choisis, préparent l'esprit à entendre les premieres merveilles d'un Regne qui ne s'est jamais démenti depuis plus d'un demi-siecle.

Fasse le Ciel, qu'on puisse ajoûter à ces Fastes une seconde partie aussi ample que celle-cy, des grands desseins & des prosperitez qu'il continuera de donner à Sa Majesté pour le bien de la Religion, pour le bonheur de ses Peuples, & la gloire de son Regne.

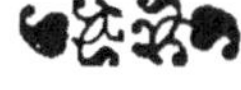

Que celuy qui cherche un modelle pour bien regner, n'arrête pas les yeux ſur un autre que ſur ce Prince.

Ennodius.

LES
FASTES
DE
LOUIS LE GRAND.

1638.		
Sept.	5.	**N**AISSANCE de Loüis-le-Grand.
	14.	Le Catelet repris sur les Espagnols.
Dec.	17.	Brisac se rend au Duc de Weimar Général des François & des Suedois.
1639.		
Juin	8.	Deffaite des François prés de Thionville.
	30.	Hédin se rend au Marquis de la Meilleraye, qui reçoit le Bâton de Mareschal sur la bréche.
Aoust	2.	Ivoi dans le Luxembourg, pris par le Mareschal de Châtillon.
Nov.	20.	Bataille de Quiers en Piémont, gagnée par le Comte de Harcour.
1640.		
Avril	29.	Le Comte de Harcour bat les Espagnols, & leur fait lever le siege de Casal.
Juil.	11.	Bataille prés du Camp de Turin, gagnée par

	le Comte de Harcour.
22.	Le Duc de Brezé deffait fur mer les Espagnols prés de Cadis.
Aouft 2.	Le Marefchal de la Meilleraye deffait les Espagnols prés d'Arras.
10.	Arras fe rend aux Marefchaux de Chaulnes, de Châtillon, & de la Meilleraye.
Sept. 21.	Naiffance de Monfieur, depuis Duc d'Orleans.
24.	Turin pris fur les Efpagnols par le Comte de Harcour.
Dec. 2.	Révolution de Portugal, ménagée par le Cardinal de Richelieu.

1641.

Févr. 20.	La Catalogne fe donne à la France.
Mars 20.	Le Canal de Briare pour la jonction de la Loire & de la Seine.
29.	Le Duc de Lorraine eft rétabli à certaines conditions.
Juin 10.	Bataille de Tarragone, gagnée par le Marefchal de la Mothe-Houdancourt.
29.	Le Prince de Condé prend Elne en Rouffillon.
	Bataille de Wolfembutell, gagnée par le Comte de Guébriant.
Juil. 6.	Bataille de Sedan, où perit le Comte de Soiffons.
27.	Aire renduë aux François. Les mêmes lignes fervirent aux ennemis à la reprendre.
Aouft 6.	Le Duc de Boüillon affiegé dans Sedan, traitte avec le Roy.

Coni

Sept.	15.	Coni pris par le Comte de Harcour.
	18.	Le Mareschal de la Meilleraye prend Bapaumes.
Oct.	13.	Le Duché de Castro est *incameré* par le Pape.
Nov.	12.	Garnison Françoise dans Monaco.

1642.

Janv.	17.	Bataille d'Ordingen, gagnée par le Comte de Guébriant.
Mars	31.	Bataille de Villefranche en Roussillon, gagnée par le Mareschal de la Mothe.
Avril	3.	Le Mareschal de la Meilleraye prend Collioure.
May	26.	Deffaite des François à Honnecour.
Sept.	9.	Perpignan, & le Roussillon conquis sur l'Espagne.
	29.	Prise de Salses par les Mareschaux de Schomberg & de la Meilleraye. Cession faite à la France de la place de Sedan.
Oct.	7.	Bataille de Lerida, gagnée par le Mareschal de la Mothe.
Nov.	26.	Tortone dans le Milanez, prise par le Duc de Longueville.
Dec.	4.	Decés du Cardinal de Richelieu.

1643.

May	14.	Decés de Loüis le Juste. COMMENCEMENT DU REGNE DE LOUIS XIV.
	18.	La Reine-Mere déclarée Régente.

19.	Bataille de Rocroy, où le Duc d'Enguien deffait l'armée Espagnole.
Aoust 10.	Le Duc d'Enguien prend Thionville.
Sept. 3.	Le Mareschal de Brezé bat la flotte Espagnole à la veuë de Carthagéne.
27.	Trin en Italie, pris par le Prince Thomas Général de l'armée du Roy.
Oct. 28.	Prise de Pont-d'Esture par le Mareschal du Plessis-Prâlin.
Dec. 19.	Le Mareschal de Guébriant prend Rotewil, & y meurt de sa blessure.

1644.

Mars 31.	Traité avec le Roy de Portugal.
	Le Roy est choisi pour arbitre dans l'affaire de Castro.
Juin 3.	Premiere victoire du Vicomte de Turenne, prés de Rotewil.
Juil. 29.	Gravelines prise par Gaston Duc d'Orleans.
Ao. 3.4.9.	Bataille de Fribourg, gagnée par le Duc d'Enguien.
29.	Spire se rend au Duc d'Enguien.
Sept. 6.	Sant-Ya dans le Milanez, pris par le Prince Thomas Général de l'armée du Roy.
10.	Philisbourg pris par le Duc d'Enguien.
17.	Mayence & autres Villes renduës au Duc d'Enguien.

1645.

Avril 1.	La Reine-Mere commence le Bâtiment du Val-de-Grace.

May	5.	Deffaite des François à Mariendal.
	28.	Le Mareschal du Plessis-Prâlin prend Roses en Catalogne.
Juin	16.	Le Comte de Harcour passe la riviere de Segre, en presence de l'ennemi.
	22.	Bataille de Llorens, gagnée par le Comte de Harcour.
Juillet	7.	La Mothe en Lorraine prise par le Mareschal de Villeroy. On la rasa.
Aoust	3.	Bataille de Nortlingue, gagnée par le Duc d'Enguien.
	9.	Bourbourg pris par Messieurs de Gassion & de Rantzau.
	30.	Dunkespiell pris par le Vicomte de Turenne.
	31.	Bethune prise par Messieurs de Gassion & de Rantzau.
Sept.	12.	*Rocca di Vigevano* prise par le Prince Thomas.
	28.	Landau rendu au Vicomte de Turenne.
Oct.	19.	Bataille prés de la riviere de Mora, gagnée par le Prince Thomas.
	20.	Balaguier pris par le Comte de Harcour.
Nov.	9.	La Princesse Marie de Nevers va en Pologne pour estre Reine.
	20.	Le Vicomte de Turenne prend Treves, & y rétablit l'Electeur.

1646.

| Mars | 15. | Edits rigoureux contre les Duels. |
| Juill. | 12. | Longwy dans le Luxembourg, pris par le Mareschal de la Ferté. |

	Levée du siege d'Orbitelle.
Aoust 26.	Mardic pris par Gaston Duc d'Orleans.
Sept. 7.	Furnes se rend au Duc d'Enguien.
9.	Schorndorff en Allemagne, pris par le Vicomte de Turenne.
17.	Le Roy remet bien les Barberins auprés d'Innocent X.
Octob. 8.	Prise de Piombino par le Mareschal de la Meilleraye.
10.	Dunkerque prise aprés 18. jours de siege par le Duc d'Enguien.
29.	Le Mareschal de la Meilleraye prend Portolongone aptés 20. jours de siege.
Nov. 21.	Le Comte de Harcour leve le siege de Lerida aprés 3. mois.

1647.

Mars 17.	Tubingue prise en 19. jours par le Mareschal d'Hocquincourt.
Avril 25.	Prise d'Aschaffembourg par le Vicomte de Turenne.
Juin 17.	Le Prince de Condé leve le siege de Lerida.
Juill. 13.	Dixmude prise en 3. jours par le Mareschal de Rantzau. On la perdit le 14. d'Octobre aprés 15. jours de siege.
18.	Perte de Landreci aprés une défense de 21. jours.
19.	Le Mareschal de Gassion prend la Bassée en 8. jours.
Oct. 3.	Le Mareschal de Rantzau prend Lens en 10. jours.

13.	Le secours de France fait lever le siege de Vormes aux Espagnols.
Nov. 15.	Le Duc de Guise tient dans Naples contre les Espagnols.
Dec. 23.	Le Duc de Richelieu bat sur mer les Espagnols prés de *Castell'a-mare*.

1648.

May 12.	Le Mareschal de Schomberg force Tortose aprés 8 jours de siege.
29.	Le Prince de Condé prend Ipres en 15. jours.
30.	Journée de Cremone, où le Duc de Modene & le Mareschal du Plessis-Prâlin vainquirent les Espagnols.
Aoust 20.	Bataille de Lens gagnée sur les Espagnols par le Prince de Condé.
26.	Barricades de Paris.
Sept. 10.	Furnes reprise par le Mareschal de Rantzau.
Oct. 24.	Paix de Munster entre la France, l'Allemagne, & la Suede.
	L'Alsace cedée à la France ; & garnison maintenue dans Philisbourg.

1649.

Avril 3.	Troubles de Paris appaisez.
May 8.	Les ennemis reprennent Ipres.
Juill. 10.	Charles II. Roy d'Angleterre, vaincu & chassé, aborde en France.
Aoust 25.	Le Comte de Harcour prend la ville de Condé en 2. jours.

1650.

Janv. 18.	Emprisonnement des Princes de Condé de Conty, & de Longueville.
May 14.	Perte du Catelet aprés 5. jours de siege.
Juillet 2.	Le Mareschal du Plessis-Prâlin fait lever le siege de Guise.
	Traitté de Nuremberg en execution de la paix avec la France.
Aoust 3.	Perte de la Capelle aprés 13. jours de siege.
15.	Portolongone perdu aprés 47. jours de siege.
Octob. 9.	Les Lorrains deffaits prés de Bar, par le Mareschal de la Ferté.
Nov. 6.	Mouson perdu aprés 42. jours de siege.
Dec. 15.	Bataille de Rethel, où le Mareschal du Plessis-Prâlin deffait l'Armée du Vicomte de Turenne, & des Espagnols.

1651.

Fevr. 13.	Les Princes sont mis en liberté.
Mars 4.	Le Cardinal Mazarin sort du Royaume.
Sept. 6.	Le Comte de Grandpré fait lever le siege de Beaumont en Argonne.
7.	Majorité du Roy.
13.	Chatté en Lorraine, aprés un siege de 43. jours, se rend au Mareschal de la Ferté.
26.	Marcin appellé par le Prince de Condé, abandonne la Catalogne.

1652.

Fevrier.	Le Cardinal Mazarin revient à la Cour.

Avril 23.	Le Mareschal de la Mothe s'ouvre un passage dans Barcelone assiegée.
May 18.	Perte de Gravelines, aprés 69. jours de siege.
Juillet 2.	Journée de la Porte-Saint Antoine, où M. de Turenne eût l'avantage sur les Troupes du Prince de Condé.
Sept. 16.	Dunkerque perduë aprés un siege de 39. jours.
Oct. 13.	Barcelone perduë aprés 15. mois de siege.
21.	Le Roy retourne à Paris, Casal perdu.
Dec. 19.	Le Roy fait arrester le Cardinal de Retz.

1653.

Janv. 23.	Vervins repris par les François.
Juillet 5.	Le Duc de Vendôme reduit en sept jours Bourg en Guienne.
7.	Edit pour l'execution de la Bulle du 31. May contre les cinq propositions de Jansenius.
9.	Rhetel repris en 4. jours par Mrs de Turenne & de la Ferté.
26.	Commercy en Lorraine pris en 7. jours par M. de Brinon.
31.	Le Duc de Vendôme oblige Bourdeaux à se soumettre.
Aoust 5.	Roye perduë en 3. jours.
Sept. 23.	Bataille de la Roquette, gagnée par le Mareschal de Grancey.
25.	Le siege de Gironne levé aprés 70. jours d'attaque.

28.	Mouson repris par M. de Turenne, aprés 19. jours de siege.
29.	Rocroy perdu aprés un siege de vingt-cinq jours.
Nov. 26.	Le Mareschal du Plessis-Prâlin reprend Sainte-Menehoud en 33. jours.
Dec. 3.	Combat de Bordills, où le Mareschal d'Hocquincourt deffait les Espagnols.

1654.

Fevr. 23.	Beffort reduit en 59. jours par le Mareschal de la Ferté.
Mars 31.	Le Clergé de France reçoit la Bulle d'Innocent X.
Juin 7.	Le Sacre du Roy : l'Evesque de Soissons fit la ceremonie.
Juillet 7.	Villefranche en Roussillon, renduë au Prince de Conty le 8. jour du siege.
Aoust 6.	Stenay reduit par M. de Fabert en 33. jours, en presence du Roy.
18.	Levée du siege d'Alexandrie de la paille.
25.	Mrs de Turenne, de la Ferté, & d'Hocquincourt deffont les Espagnols, & leur font lever le siege d'Arras aprés 52. jours d'attaque.
Sept. 6.	Le Quenoy pris par M. de Turenne.
Oct. 21.	Puycerda pris aprés 30. jours de siege par le Prince de Conty.
Nov. 15.	Le Duc de Guise prend *Castell'a-mare* : on l'abandonna depuis.
24.	Le Mareschal de la Ferté réduit Clermont en Argonne, aprés un mois de siege.

Châtillon

1655.

Juillet 1.	Châtillon en Catalogne, pris en 22. jours par le Prince de Conty.
14.	Landreci repris aprés 24. jours par Mrs de Turenne & de la Ferté.
Aouſt 18.	Le Roy réconcilie les Vaudois des Vallées avec le Duc de Savoye.
	Condé pris en 4. jours par Mrs de Turenne & de la Ferté.
19.	M. de Mérinville fait lever le ſiege de Solſone en Catalogne, aprés 12. jours d'attaque.
25.	Saint-Guilain pris en 12. jours, en préſence du Roy.
Sept. 13.	Se ſiege de Pavie levé aprés 50. jours.
29.	Le Duc de Vendôme bat la flotte Eſpagnole devant Barcelone.
Nov. 2.	Traitté avec les Anglois contre les Eſpagnols.

1656.

Févr. 11.	La paix ſe renouvelle entre les Suiſſes des deux communions, par la mediation du Roy.
Juill. 16.	Levée du ſiege de Valenciennes. Belle retraite du Vicomte de Turenne.
Aouſt 18.	Condé perdu aprés 25. jours de ſiege.
Sept. 6.	La Reine Chriſtine fait ſon entrée à Paris.
16.	Valence ſur le Pò, renduë aprés 82. jours de ſiege, aux Ducs de Modéne & de Mercœur.

27. La Capelle reprise en 9. jours par le Vicomte de Turenne.

Peronne conservée.

1657.

Janv. 19. Le Roy joignant ses offices à ceux d'Alexandre VII. obtient le rétablissement des
Jesuites à Venise.

Mars 22. Saint-Guilain perdu, aprés 8. jours de siege.

May 13. M. de Saint Abre fait lever le siege d'Urgel
au dixiéme jour.

30. Levée du siege de Cambray.

Aoust 6. Le Mareschal de la Ferté reduit Montmedy
en 50. jours de siege. Le Roy estoit
present.

27. Le Vicomte de Turenne prend Saint-Venant en 3. jours.

28. Le Vicomte de Turenne fait lever le siege
d'Ardres.

Octob. 3. Mardik pris en 4. jours par M. de Turenne.

Dec. 19. Le Roy tient son lit de justice pour la Bulle
d'Alexandre VII.

1658.

Janv. 14. Bataille des Dunes gagnée sur les Espagnols
par le Vicomte de Turenne.

25. Dunkerque, aprés 30. jours de siege, se rend
au Vicomte de Turenne. On la met en
dépost entre les mains des Anglois.

Juillet 1. Bergues-Saint-Vinox prise en 3. jours par
M. de Turenne.

3. Furnes prise par le même.

7.	Dixmude pris par le mesme.
	Le Comte de Schomberg General des Portugais & des Troupes auxiliaires de France, gagne la bataille de Villa-viscosa.
15.	L'armée Françoise passe l'Adde en presence de l'ennemi.
Aoust 30.	Gravelines prise en 34. jours par le Mareschal de la Ferté.
Sept. 9.	Oudenarde prise en 3. jours par M. de Turenne.
19.	Le Prince de Ligne est battu prés de la Lys par M. de Turenne.
26.	Ipres prise en 6. jours par M. de Turenne.
27.	Mortare reduite en 50. jours par les Ducs de Modéne & de Navailles.

1659.

May 8.	Suspension d'armes avec l'Espagne.
Oct. 16.	Le Duc de Grammont envoyé à Madrit pour traiter du mariage du Roy avec l'Infante.
Nov. 7.	LA PAIX DES PYRENE'ES concluë entre le Cardinal Mazarin, & Dom Louis d'Haro aprés xxiv. conferences.
Dec. 27.	Le Roy Mediateur pour la paix de Suede & de Dannemark.

1660.

Fevrier 2.	Decés de Gaston Duc d'Orleans, oncle du Roy.
11.	Citadelle bastie à Marseille pour la seûreté de la Ville.

Avril	6.	Le Roy déclare à Montpellier le Vicomte de Turenne Mareſchal général.
Juin	3.	Le mariage de leurs Majeſtez ſe fait par Procureur à Fontarabie.
	6.	Les deux Rois, de France & d'Eſpagne jurent la paix dans l'Iſle de Bidaſſoa.
	7.	Philippes IV. remet Marie Theréſe au Roy ſon Epoux.
	9.	Les cérémonies du mariage ſe font à Saint Jean de Luz.
Aouſt	26.	Entrée ſolennelle de la Reine à Paris.

1 6 6 1.

Mars	9.	Decés du Cardinal Mazarin.
Avril	1.	Mariage de Monſieur avec Henriette d'Angleterre.
Juin	20.	Le grand Duc épouſe la ſeconde fille du feu Duc d'Orleans.
Sept.	27.	Le Roy diminuë les impoſts.
Oct.	10.	Le Baron de Batteville inſulte à Londres le Comte d'Eſtrades.
Nov.	1.	NAISSANCE de Monſeigneur le Dauphin.
	14.	Philipes IV. deſapprouve le procedé de ſon Ambaſſadeur à Londres, ſur les remontrances de l'Archevêque d'Ambrun.
Dec.	28.	Le Roy & le Clergé obtiennent la beatification de François de Sales.
		Chambre pour la réforme des finances.

1 6 6 2.

Janvier	1.	Creation des Chevaliers des Ordres du Roy.
Fevr.	27.	Le Roy ſéant au Parlement fait enregiſtrer

la donation que le Duc Charles IV. luy fait de la Lorraine.

Mars 24. L'Ambassadeur d'Espagne proteste au Louvre à Sa Majesté, en presence de 27. tant Ambassadeurs qu'Envoyez de Princes, que son Maistre ne disputera jamais le pas à la France.

Avril 27. Ligue défensive avec les Hollandois.

Juin 5. Carouzel à Paris.

Aoust 20. La Garde Corse du Pape insulte le Duc de Crequi Ambassadeur du Roy.

Nov. 27. Dunkerque rachetée des mains des Anglois.

Dec. 2. Mardik estant aussi remis entre les mains du Roy, Sa Majesté visite Dunkerque.

Le Roy prit ces deux dernieres années un tres-grand soin de remedier à la cherté.

1663.

Mars 4. Cérémonie du mariage de Mademoiselle de Valois & du Duc de Savoye.

Juin 8. Bataille d'Estremoz, où Villaflor & Schomberg deffont les Espagnols.

Sept. 4. Marsal pris par le Mareschal de la Ferté.

29. Le Duc de Mecklebourg fait profession de la Religion Catholique à Paris.

Nov. 28. L'alliance avec les Suisses renouvellée à Paris avec beaucoup de solennité.

1664.

Fevr. 12. Traitté de Pise pour la paix entre le Pape & le Roy.

	26.	Une colonie Françoise part de la Rochelle pour Cayenne.
Mars	7.	Le Roy employe ses bons offices auprés des Hollandois pour les biens de Malthe.
Juillet	22.	Gigery pris par le Duc de Beaufort. On l'abandonna le 30. Octobre.
	29.	Le Cardinal Chigi Legat & neveu d'Alexandre VII. vient faire satisfaction au Roy.
Aoust	1.	Victoire de Saint Godart sur les Turcs, dûë principalement aux secours de la France sous la conduite des Comtes de Colligni & de la Feüillade.
	9.	Entrée du Cardinal-Legat à Paris.
	14.	Le Roy favorise le commerce par ses soins, par ses Edits, & ses avances.
	18.	Le Cardinal Imperiale demande à Paris pardon au Roy.
Sept.	10.	Establissement de l'Academie de peinture & de sculpture.
Octob.	6.	Deffaite des Maures devant Gigery.
	15.	M. de Pradelle commandant l'armée du Roy, oblige Erford, aprés un siege de 27. jours, à se soumettre à l'Electeur de Mayence.
	30.	Colonie Françoise à Madagascar, ou Saint Laurent.
Nov.	8.	On commence le Canal pour la jonction des deux mers.

1 6 6 5.

Janvier	5.	Etablissement du Journal des Sçavans : ce

	que toute l'Europe a imité.
12.	Rétablissement de l'Ordre de Saint Michel.
Avril 19.	Canonisation de Saint François de Sales, aprés les instances du Roy & du Clergé.
May 9.	Le Duc de Savoye épouse Mademoiselle de Nemours.
Aoust.	Manufactures de laines, toiles, points, &c. établies dans le Royaume.
24.	Le Duc de Beaufort prend & coule à fond beaucoup de vaisseaux Algeriens.
Sept. 17.	Decés du Roy d'Espagne Philippes IV. Beaupere de Sa Majeste.
Oct. 17.	On jette les fondemens du nouveau Louvre, suivant le dessein du Bernin.
Nov. 10.	M. de Pradelle conduit en Hollande les Troupes auxiliaires de France.
28.	Le Chevalier d'Hocquincourt montant un Vaisseau Venitien, se bat contre 33. Galeres Turques, & les met en fuite.
Dec. 22.	L'Edit du droit annuel enregistré au Parlement en presence de Sa Majesté.

1666.	
Janv. 20.	Decés de la Reine Anne d'Autriche, mere du Roy.
26.	Le Roy ayant inutilement employé ses bons offices auprés des Anglois, leur declare la guerre en faveur des Hollandois.
Mars 15.	Célébre reveuë de l'armée faite par Sa Majesté prés de Compiegne.
Avril 20.	Les Anglois deffaits & chassez de Saint Christophle.

Juill. 29.	Le Port de Cethe basti sur une coste jusqu'alors impraticable.
Aoust 2.	Mademoiselle de Nemours, sœur de la Duchesse de Savoye, va épouser le Roy de Portugal.
Nov. 11.	Le Roy s'entremet pour accorder le Comte Palatin & le Duc de Lorraine.
Decemb.	Edits contre les blasphemateurs.
	Etablissement de l'Academie Royale des Sciences.

1667.

Janv. 26.	La paix faite à Breda entre l'Angleterre, la Hollande, la France, & le Dannemark.
May 24.	Le Roy va en Flandres, prendre possession de ce qui est échu à la Reine.
	Prise d'Armentieres.
Juin 2.	Prise de Charleroy. M. de Vauban le fortifia depuis.
6.	Bergues prise en 2. jours par le Duc d'Aumont.
12.	Furnes prise en 3. jours par le Duc d'Aumont.
18.	Prise d'Ath.
24.	La ville de Tournay se rend au Roy.
	Le Château se rend le lendemain.
Juillet 6.	Douay & le Fort de Scarpe pris en 6. jours par Sa Majesté.
17.	La ville de Courtray se rend au Duc d'Aumont. La Citadelle ou Château se rend le 19.
31.	Oudenarde prise en deux jours.

Alost

st 4.	Aloft pris, & abandonné ; les Ennemis l'ayant fortifié, le Vicomte de Turenne l'attaque , le prend le 12. Septembre , & le rafe.
27.	L'Ifle , aprés 9. jours de tranchée , fe rend au Roy.
31.	Le Roy met en déroute prés du Canal de Bruges la Cavalerie ennemie commandée par Marcin.
	Obfervatoire bafti à Paris par Sa Majefté, pour les Mathematiciens.
	Le Roy accorde à Clement I X. la démolition de la Pyramide de 1664.
	Le Code - Loüis pour la réformation de la juftice.

68.

r. 23.	Premier plan de la triple alliance entre l'Angleterre, la Suede & la Hollande. Elle fut confirmée le 25. Avril.
r. 7.	M. le Prince prend Bezançon en 2. jours.
	Le Duc de Luxembourg prend Salins.
14.	Dole fe rend au Roy aprés un fiege de 4. jours.
19.	Le Roy fe rend maiftre de Gray en 2. jours, & enfuite de toute la Franche-Comté.
25.	L'Efpagne fait enfin la paix avec le Portugal. Les fecours de la France y contribuerent.
2.	TRAITTÉ DE PAIX conclu à Aix-la-Chapelle. On retient les conquêtes de Flandres.

Juillet 8.	Le Roy déclare Mareschaux de France Mrs de Crequi, de Bellefons, d'Humieres.
Oct. 23	Le Vicomte de Turenne se fait Catholique.
29.	Le Comte de Saint-Paul, le Comte de la Feüillade, &c. abordent en Candie.
	Le Roy rétablit la navigation, & toute la Marine.
	Chambres établies pour la réforme de la Noblesse.

1669.

Janv. 21.	Le Roy oblige le Palatin & le Duc de Lorraine à s'accorder.
Févr. 4.	On commence à supprimer les Chambres de l'Edit.
May. 7.	La triple alliance s'engage à la conservation des Païs-bas.
Juin 19.	Le Duc de Navailles commande le secours envoyé en Candie.
25.	Sanglant combat des François dans les tranchées de Candie. Le Duc de Beaufort perit dans cette action.
Sept. 5.	Le troisiéme secours partoit pour Candie quand on aprit que Venise avoit traité.
Nov. 17.	Le Roy Casimir de Pologne se retire en France. Le Roy luy donne l'Abbaye de Saint Germain des Prez.

1670.

Janv. 26.	Traitté entre l'Empereur, l'Espagne & la Hollande.

3 Février.	Le Marquis de Martel oblige les Algeriens à faire la paix.
1 Mars.	Le Roy comme médiateur fait la paix entre la Savoye & Genes.
1 May　4.	La triple alliance se renouvelle à la Haye.
1 Aoust　3.	La prudence du Roy calme les mouvemens des Huguenots des Cévennes.
25.	Espinal pris en 6. jours par le Mareschal de Crequi.
27.	Le Duc de Lorraine broüillant contre la France, est dépoüillé par le Mareschal de Crequi.
Oct.　6.	Chatté pris en 8. jours par le Mareschal de Crequi.

1671.

Mars 18.	M. de Harlay nommé à l'Archevêché de Paris aprés le decés de M. de Perefixe, en prend possession.
May　1.	LeRoy visite ses conquestes & fait la reveüë de ses Troupes.
18.	Les nouvelles fortifications de Dunkerque achevées.
Juin 15.	Ath fortifié par M. de Vauban.
Nov. 15.	La Princesse Palatine embrasse la Religion Catholique à Mets.
21.	Monsieur épouse cette Princesse à Chaalons.
30.	Academie d'Architecture établie à Paris.
	On commence à bastir l'Hostel de Mars pour les Soldats invalides.
	Le Roy envoye des Mathématiciens en differens endroits d'Europe, d'Afrique

		& d'Amerique, pour l'avantage du public.

1 6 7 2.

Févr.	3.	Decés du Chancelier Seguier; il avoit exercé cette charge 39. ans avec beaucoup d'integrité. M. d'Aligre luy succeda.
	21.	Premiere tentative de Navigation sur le Canal de Languedoc.
Avril	6.	L e R o y déclare la guerre à la Hollande.
	25.	Le Roy déclare la Reine Régente pendant son absence.
May	15.	Le Marquis de Chamilli s'empare de Maseick, & le fortifie.
Juin	3.	Le Roy prend Orsoy en 3. jours.
		Le Vicomte de Turenne prend Buric en 2. jours.
	4.	M. le Prince reduit Vesel en 3. jours.
	6.	Rhimbergue se rend au Roy aprés 5. jours de siege.
	7.	Emeric se rend à M. le Prince, & Réez au Vicomte de Turenne.
		Les Hollandois sont battus pendant 2. jours par les flottes d'Angleterre & de France, commandées par le Duc d'Yorck Admiral, & le Comte d'Estrées Vice-Admiral.
	8.	Doëtekum pris par M. de Bauviré.
	9.	Le Duc de Luxembourg Général des troupes de Munster, prend Grolle.
	12.	Les François passent le Rhin à la nage ayant l'ennemi en teste. On fait 4000. pri-

fonniers : M. le Prince bleffé : le Duc
de Longueville tué.

13. Le Prince d'Orange abandonne l'Iffel.

14. Le Vicomte de Turenne prend Arnheim.

16. Le Vicomte de Turenne prend le Fort de Knotzembourg.

19. Le Fort de Skeingk ne tient que 2. jours devant le Vicomte de Turenne.

21. Doefbourg fe rend au Roy aprés 3. jours de fiege.

La ville & la Province d'Utrecht envoyent affeûrer le Roy de leur obeïffance.

22. Devanter pris par le Duc de Luxembourg pour l'Evêque de Munfter.

23. & fuivans. Hardewick, Amersfort, Kempen, Rhenen, Viane, Elbourg, Wick fur le Rhin, Zwoll, Culembourg, Vageningen, Wars, Lokem, Hattem, & autres villes prifes fur les Hollandois.

26. Monfieur prend Zutphen en 7. jours.

27. Le Fort S. André fe rend à M. d'Apremont.

28. Prife du Fort de Woorn, & de la ville de Thiell.

30. Le Roy entre dans Utrecht, & y rétablit l'exercice de la Religion Catholique.

Juillet 3. Genep fe rend au Chevalier du Pleffis-Prâlin.

9. Nimmegue prife en 6. jours par le Vicomte de Turenne.

12. Le Marquis de Rochefort s'empare de Naerden, à 3. lieuës d'Amfterdam

14. Grave prife par un détachement de l'armée

		de M. de Turenne.
	19.	Le Fort de Crevecœur pris en 6. jours par M. de Turenne.
Sept.	26.	L'Isle & la ville de Bommel se rendent aux François.
	24.	Le Prince d'Orange fait une tentative inutile sur Naerden.
Oct.	12.	Le Prince d'Orange battu & mis en fuite prés de Woerden par le Duc de Luxembourg.
Dec.	13.	Ligue entre l'Empereur, l'Espagne, Brandebourg, & la Hollande, contre la France.
	22.	Le Prince d'Orange fait & leve pour la premiere fois le siege de Charleroy. Le Comte de Montal y commandoit.
	28.	Bodegrave pris, & les Hollandois battus par le Duc de Luxembourg.
		Le Roy loge dans le Louvre l'Academie Françoise.

1673.

Janv.	17.	Le Marquis de Rénel fait lever le siege de Werle en Westphalie.
Févr.	5.	Unna ⎫
	7.	Camen ⎬ Villes de Westphalie prises par le Vicomte de Turenne sur l'Electeur de Brandebourg.
	8.	Altena ⎪
	19.	Ham ⎭
	20.	Cent François sous le Marquis de Bourlemont, repoussent 1800. Allemans Berkembaüm.
	23.	Le Vicomte de Turenne prend Zoëst.
	25.	Chambre établie pour la reünion des Béné-

		fices de l'Ordre de Saint Lazare.
Mars		Le Viconte de Turenne prend Hoëxter sur le Veser.
	17.	Ravensperg se rend au Marquis de Rénel, & Bilefeld au Vicomte de Turenne.
	28.	On nomme des Plénipotentiaires pour traitter de la paix à Cologne.
Avril	6.	Le Roy affermit la paix entre le Duc de Savoye & la Republique de Genes.
May		Treve entre la France & Brandebourg.
		La face & le portail du Louvre achevé tel qu'on le voit aujourd'huy.
Iuin	7.	Combat naval où le Prince Robert & le Comte d'Estrées battent les Hollandois.
	29.	Mastricht se rend au Roy aprés 14. jours de tranchée.
Iuillet	1.	Le Duc de Lorraine traitte avec l'Empereur contre la France.
	30.	Le Traitté de l'Empereur, de l'Espagne, & de la Hollande est renouvellé.
Aoust	1.	Nancy fortifié par ordre du Roy.
	21.	Seconde desfaite des Hollandois sur mer, prés du Texel.
		Bitsch & Hombourg pris par les François.
Sept.	12.	Naerden repris par les Hollandois. Le Gouverneur dégradé.
	30.	Le Roy ménage le Mariage du Duc d'York & de la Princesse de Modéne.
Oct.	15.	Le Gouverneur des Pays-bas Espagnols déclare la guerre à la France en faveur des Hollandois.

19.	La France déclare la guerre à l'Espagne.
27.	Les François commencent à se retirer de Hollande pour mieux attaquer l'Espagne.
Nov. 12.	Bonne mal fortifié se rend aprés 8. jours de siege.
	Edit pour étendre de la Régale dans tout le Royaume.

1674.

Janvier.	L'Electeur Palatin traitte avec l'Empereur contre la France.
Févr. 14.	Le Prince Guillaume de Furstemberg enlevé à Cologne contre le droit des gens. Cela fut suivi de la rupture des conferences pour la paix.
19.	L'Angleterre fait sa paix particuliere avec les Hollandois.
Mars 1.	Le Duc de Navailles prend Gray en 3. jours.
3.	Germershein sur le Rhin pris & fortifié.
10.	Vesoul se rend au Duc de Navailles.
Avril.	Le titre de Duché-Pairie attaché à l'Archevesché de Paris.
May 10.	Erkelens forcé en chemin par le Mareschal de Bellefons.
15.	La ville de Bezançon se rend au Roy aprés 8. jours de tranchée.
16.	Le Mareschal de Bellefons prend la forteresse d'Argenteau sur la Meuse.
21.	Sobieski élû Roy de Pologne pour son mérite, & par la brigue de la France. L'Evêque de Marseille en mérita le Chapeau.

La

22.	La Citadelle de Bezançon se rend au Roy après 7. jours d'attaque.
	Le Mareschal de Bellefons prend Novagne sur la Meuse en 4. jours.
uin 6.	Le Roy prend Dole en 7. jours de tranchée.
16.	Le Vicomte de Turenne deffait les Allemans à Sint-Zeim.
22.	Salins pris en 8. jours par le Duc de la Feüillade.
26.	Le Comte de Schomberg deffait les Espagnols, & les chasse du Roussillon.
28.	Descente & tentative inutile des Hollandois à Bellisle.
aillet 5.	Le Vicomte de Turenne deffait l'arriere-garde Imperiale à Ladembourg.
	Fauconnier, ou Faucogny pris de force par le Marquis de Rénel. Conqueste de la Franche-Comté pour la seconde fois.
21.	Ruyter est repoussé de la Martinique avec ses 46. vaisseaux.
oust 11.	Le Prince d'Orange, avec trois armées, est deffait à la bataille de Senef par le Prince de Condé.
ept. 1.	Convocation du Ban de la Noblesse.
21.	Le Prince d'Orange leve le siege d'Oudenarde aux approches du Prince de Condé.
15.	Brandebourg reprend les armes contre la France.
17.	Le Commandeur de Valbelle conduit du secours à Messine.
ct. 4.	Bataille d'Ensheim prés de Strasbourg, où le

E

Vicomte de Turenne bat les Allemans.

11. Le Vicomte de Turenne avec 15000. hommes, arreste prés de Dithwiller 60000. Ennemis.

26. Le Comte de Chamilly, par ordre exprés du Roy, rend Grave au Prince d'Orange, aprés 93. jours de siege.

Dec. **2.** Huy perdu aprês 20. jours de siege.

29. Le Vicomte de Turenne deffait les Allemans à Mulhausen.

30. Le Regiment complet de Portia de 900. hommes pris en Alsace par les Fraçois.

On commença cette année pour Monseigneur les Commentaires sur les anciens Auteurs.

1675.

Janv. **3.** Le Marquis de Valavoir fait entrer les secours en Sicile.

5. Brandebourg, Zell, &c. battus à Turckeim par M. de Turenne.

11. Les Allemans contraints de quitter l'Alsace.

15. La Suede fait diversion pour la France, mais foiblement.

29. Le Marquis de Vaubrun prend Dachstein en 4. jours.

Févr. **11.** Le Duc de Vivonne met en fuite l'armée navale d'Espagne prés de Messine.

Mars **16.** Decés de François Joseph, dernier de la maison de Guise.

27. Le Comte d'Estrades fait entrer une garnison Fraçoise dans la Citadelle de Liege.

Avril	23.	Le Roy nomme le premier Evêque de Kebec.
	28.	Messine d'elle-même preste le serment de fidelité au Roy.
May	29.	Dinan pris en 6. jours par le Mareschal de Crequi.
Juin	6.	Huy pris en 6. jours par le Marquis de Rochefort.
	21.	Limbourg se rend au Duc d'Enguien aprés 8. jours de tranchée.
Juill.	27.	Bellegarde en Roussillon prise en 5. jours par le Comte de Schomberg.
		Le Vicomte de Turenne tué d'un coup de canon audelà du Rhin.
	30.	Le Roy donne le bâton de Mareschal à Mrs de Luxembourg, de Navailles, de Schomberg, de Vivonne, de Duras, de la Feüillade, de Rochefort, d'Estrades. Le Comte de Lorges le reçut l'année suivante, & le Comte d'Estrées cinq ans aprés.
Aoust.	1.	Le Comte de Lorges repousse heureusement les Ennemis à la teste du pont sur le Rhin.
	11.	Déroute de Consarbruk.
	17.	Le Mareschal Duc de Vivonne prend Agousta en Sicile.
	22.	Le Prince de Montecuculli leve le siege de Haguenau, aux approches du Prince de Condé.
Sept.	6.	Le Mareschal de Crequi rend Treves aprés 30. jours de siege, & reste prisonnier.

14.	M. le Prince fait lever le siege de Saverne.
Octob. 7.	Les François entrent dans le païs de Waës.
Nov. 28.	Le Roy agrée Nimegue pour traitter de la paix, aprés les seûretez données pour le Prince Guillaume de Furstemberg.
30.	Le Roy de Pologne reçoit le Collier de l'Ordre du Saint Esprit.
Dec. 21.	Le Comte d'Estrées reprend la Cayenne sur les Hollandois.

1676.

Janv. 9.	M. du Quesne deffait la flotte Espagnolle prés les Isles de Stromboly.
Mars 22.	L'on raze la citadelle de Liege.
25.	Le Mareschal de Vivonne taille en pieces 7000. hommes prés de Messine.
Avril 22.	Ruyter vaincu prés d'Agousta par le Duc de Vivonne, meurt peu aprés de sa blessure.
26.	Condé forcé par le Roy aprés 8. jours de siege.
May 10.	Le Roy presente la bataille au Prince d'Orange prés de Valenciennes.
12.	Bouchain pris par Monsieur en 6. jours de tranchée.
Juin 2.	Le Mareschal Duc de Vivonne brusle la flotte ennemie dans le port de Palerme.
Juill. 31.	Le Mareschal d'Humieres prend Aire en 6. jours.
Aoust.	M. Serroni nommé 1er Archevêque d'Albi.
9.	Le Mareschal d'Humieres prend le Fort de Linck.

		26.	Le Prince d'Orange leve le siege de Mastricht à l'approche du Mareschal de Schomberg. Le Comte de Calvo défendoit la place depuis 50. jours.
		28.	La France déclare la guerre au Dannemark en faveur de la Suede.
2	Sept.	17.	Philisbourg rendu faute de poudres, aprés un blocus de 6. mois, & 70. jours de tranchée. Du Fay y commandoit.
1	Nov.	19.	Montbeliard reçoit garnison Françoise.
		20.	La Scalette en Sicile se rend au Mareschal Duc de Vivonne.

1677.

1	Févr.	23.	Le Comte d'Estrées brusle 14. vaisseaux Hollandois dans le port de Tabago.
1	Mars	17.	Le Roy prend d'assaut Valenciennes en plein jour, le 8. du siege, & la préserve du pillage.
A	Avril	5.	La ville de Cambray se rend au Roy le 9. jour du siege.
		11.	Le Prince d'Orange & l'armée des Alliez deffaite à Cassel par Monsieur.
		17.	La citadelle de Cambray se rend au Roy aprés 11. jours d'attaque.
		20.	Monsieur prend Saint-Omer. Le siege fut de 20. jours de tranchée.
	Juin	15.	Le Mareschal de Crequi désole à coups de canon le camp des Allemans en Lorraine.
	Juillet	4.	Le Mareschal de Navailles deffait les Espagnols à Epoüilles.

18.	Le Fort d'Orange, & la colonie Hollandoise d'Ouyapogua, ruinée par le Chevalier de Lezy.
Aouſt 14.	Le Prince d'Orange leve pour la 2. fois le ſiege de Charleroy, au bruit de la marche du Mareſchal de Luxembourg.
15.	Le Mareſchal de Crequi oblige les Allemans à ſortir de Lorraine.
Sept. 24.	Straſbourg demande & obtient un ſaufconduit du Mareſchal de Crequi, pour laiſſer repaſſer l'armée du Duc de Saxe-Eiſenac, qui eſtoit inveſtie.
Octob. 8.	Combat de Kocberg prés de Straſbourg, où les Allemans furent battus par le Mareſchal de Crequi.
10.	Boham commandant quelques troupes auxiliaires, deffait les Allemans à Nialap en Hongrie.
Nov. 1.	Le Vice-Amiral d'Eſtrées prend Gorée, & détruit la colonie Hollandoiſe.
17.	Le Mareſchal de Crequi prend Fribourg en Briſgau aprés 8. jours de tranchée.
Dec. 11.	Le Mareſchal d'Humieres prend Saint-Guillain en 11. jours.
12.	Tabago pris par le Comte d'Eſtrées à la troiſiéme bombe.

1678.

Mars 4.	Le Roy qui eſtoit le 28. Fevrier en Lorraine commence en perſonne le ſiege de Gand, le 4. de Mars.
9.	La ville de Gand ſe rend au Roy.

	12.	La citadelle de Gand se rend au Roy.
		Le fort de Rodenhuis en Flandres pris par le Mareschal de Schomberg.
	25.	Ipres aprés 7. jours de tranchée se rend au Roy.
Avril	8.	La conduite des Siciliens oblige le Roy de retirer ses Troupes. Le Duc de la Feüillade l'execute.
	20.	Le Roy regle les conditions de paix, ausquelles l'Europe se soumit depuis.
May	4.	M. de la Bretesche surprend le chasteau & la ville de Leuve.
	11.	Naufrage de quelques vaisseaux du Roy prés l'Isle d'*Aves*.
	29.	Puycerda rendu au Mareschal de Navailles aprés 30. jours de siege : on le démolit depuis.
Juillet	6.	Le Mareschal de Crequi bat les Allemans à la teste du Pont de Rhinsfeld.
	7.	Le Marquis de Joyeuse bombarde Rhynsfeld.
	27.	Le Mareschal de Crequi emporte le Fort de Kell, à la teste du Pont de Strasbourg.
Aoust	10.	Le Mareschal de Crequi se rend maistre des autres Forts du Pont de Strasbourg, & le brusle à la veuë du Prince Charles de Lorraine.
		LA PAIX signée à Nimmegue entre la France & la Hollande.
	14.	Le Prince d'Orange vaincu & repoussé par le Mareschal Duc de Luxembourg, à la sanglante journée de Saint-Denis

	prés Mons. Ce Prince avoit la paix fi- gnée dans fa poche.
Sept. 17.	Les Efpagnols fignent la paix à Nimegue.
Oct. 15.	Le Marefchal de Crequi prend la forte Pla- ce de Lichtemberg en 8. jours.

1 6 7 9.

Janvier.	Les François s'emparent par force de Nuys fur le Rhin.
Fevr. 5.	Tout l'Empire, excepté Brandebourg, fi- gne la paix avec la France & la Sue- de.
Mars 25.	Le Comte de Calvo s'empare de la ville & du duché de Cleves.
Avril.	Le Roy rétablit à Paris les Ecoles de Droit 100. ans aprés qu'elles y avoient efté fermées.
May 14.	Le Marquis de Sourdis prend Lipftad fur le Marquis de Brandebourg.
Juin.	Rochefort bafti & fortifié à l'embouchure de la Charente.
20. 26.	Le Marefchal de Crequi bat deux fois prés de Minden les Troupes de Brande- bourg.
29.	Brandebourg figne la paix & rend tout à la Suede.
Aouft 1.	La Forterefle de Mont-Loüis en Cerdagne, bâtie par le Roy.
24.	Le Prince de Furftemberg vient remercier le Roy de fa liberté.
31.	Mariage du Roy d'Efpagne avec la fille aî- née de Monfieur.

Le

Sept.	2.	Le Roy de Dannemark signe la paix, & rend tout à la Suede.
Nov.	10.	Le Résident du Roy à Genéve y fait dire la Messe 144. ans aprés qu'on l'y avoit abolie.

1680.

		LE SURNOM DE GRAND donné au Roy, du consentement même de tous les Etrangers.
Janvier.		On poursuit & on punit les Empoisonneurs.
	11.	On commence à bâtir la Forteresse de Saar-Loüis.
		On commença dans ce même temps la forteresse d'Huningue.
Févr.	10.	Les bons offices du Roy font que les Hollandois commencent à satisfaire les Maltois.
		Le Roy procure au Duc de Holstein la restitution de ses Estats.
	27.	Charlemont cédé à la France par les Espagnols.
Mars	7.	Mariage de Monseigneur le Dauphin avec la Princesse de Baviere, à Châlons.
	22.	Le Conseil de Brisac reünit les terres démembrées de l'Alsace.
Avril	12. & suiv.	La Chambre de Mets reünit au Domaine & à la Couronne tous les Fiefs démembrez des trois Eveschez.
Juin.		Ordre donné de faire baisser par tout le pavillon aux Espagnols.

F

Juill. 24.	Edit pour l'execution des Arrests de la Chambre de Mets.
Sept. 15.	Le Roy d'Espagne s'oblige de ne plus prendre le titre de Comte-Duc de Bourgogne.
	Landaw, & Phalsbourg fortifiez.
Nov.	Le Roy établit une Chaire pour le Droit François.
	Le Roy dans sa propre cause contre ses Sujets cede son droit, aprés le discours de M. de Baville.
Dec. 26.	Apparition de la plus grande Comete dont on ait jamais parlé.

1681.

	Soixante mille Matelots enrôlez & distribuez par classes.
May 19.	On navige enfin tout le Canal de la Mediterranée à l'Ocean.
Juill. 23.	Le Marquis du Quesne canonne & enfonce les vaisseaux Tripolins dans le port de Scio, & fracasse même le Château.
31.	Le Comté de Chiney cedé au Roy.
Sept. 30.	Strasbourg se rend au Roy par les soins du Marquis de Louvoys.
	La citadelle de Casal reçoit le même jour garnison Françoise.
	Citadelle & autres ouvrages ajoûtez à Strasbourg.
Oct. 23.	Le Roy fait son entrée à Strasbourg.
Dec. 24.	On accorde la paix aux Tripolins, aux instances du Grand-Seigneur.

1682.

Févr.	4.	Le Roy offre de recevoir quelque autre équivalent au lieu d'Aloſt.
Mars	23.	Aſſemblée du Clergé, & l'Edit ſur ſes propoſitions.
Avril	1.	Le Roy, ſur le bruit des apprefts du Turc contre la Hongrie, commande la levée du blocus de Luxembourg.
Juin	22.	Inſtitution des Academies de Gardes-marine, & de Cadets.
	26.	Le ſieur de Ville Liegeois, execute la machine de Marly.
Aouſt	6.	NAISSANCE du Duc de Bourgogne, petit-fils de LOUIS LE GRAND.
	30.	Alger bombardé par M. du Queſne.
Oct.	28.	Le Turc accorde le Soffa à l'Ambaſſadeur du Roy.
Decemb.		La magnificence & la bonté du Roy, dans les *Appartemens*.

1683.

		Mont-royal ſur la Moſelle parfaitement fortifié.
Juin	27.	Le Marquis du Queſne oblige par ſes bombes la ville d'Alger de luy rendre à l'inſtant & ſans rançon 600. Eſclaves François.
Juill.	30.	Decés de Marie Theréſe Reine de France, épouſe de Loüis le Grand.
Sept.	6.	Decés de M. Colbert. L'Eſtat, les Arts, & les Lettres luy ſont obligez.

Nov. 6. La mauvaise conduite de M. de Grana oblige le Roy de commander au Mareschal
d'Humieres de prendre Courtray. Le
siege dura 5. jours.

10. Dixmude se rend au Mareschal d'Humieres.

Dec. 19. Naissance du Duc d'Anjou.

Le Mareschal de Crequi bombarde Luxembourg.

1 6 8 4.

Avril. Le Comte de Tourville oblige les Algeriens
à demander la paix.

May 8. Mariage du Duc de Savoye, & de la Prin-
cesse Anne fille de Monsieur.

18. Genes bombardée. M. de Seignelay étoit
& suiv. sur la flotte.

23. Descente au Faux-bourg de Saint Pierre
d'Arene, qu'on brûle.

Gironne manquée, aprés la victoire de
Pont-mayor.

Juin 7. Le Roy estant en Flandres couvre le Mareschal de Crequi, pendant que celuy-cy
prend Luxembourg aprés 21. jours de
tranchée.

20. Le Mareschal de Crequi oblige Treves à
combler ses fossez & à ruiner ses forti-
fications.

Juillet 4. Les Ambassadeurs d'Alger viennent à Paris
se soumettre à la volonté du Roy.

10. M. de Relingues montant le Bon, se bat
contre 35. Galeres ennemies, les chas-
se, & poursuit sa route.

25. Le Comte de Choiseul avec le Troupes du Roy contraint Liege de se soumettre à son Evesque.

Aoust 10. Treve concluë à Ratisbonne entre la France & l'Espagne.

15. Treve entre la France & l'Empire.

Sept. 28. Ambassadeurs de Siam, à Paris.

Oct. 20. La Statuë du Roy faite par le Bernin part de Rome pour Paris.

1685.

Févr. 22. La paix accordée aux Genois par le Traitté de Versailles, à la priere d'Innocent XI.

May 15. Le Doge de Genes, accompagné de 4. Senateurs, vient à Paris, & fait à Sa Majesté les soumissions au nom de la République.

26. La succession de la Maison Palatine, nouveau titre de guerre.

Juin 4. 5. Célébre Carouzel à Versailles.

22. Le Mareschal d'Estrées bombarde Tripoli, & oblige ces Corsaires à une paix glorieuse à la France. Elle se conclut le 26.

Aoust 30. Le Mareschal d'Estrées contraint Tunis de demander la Paix, & de payer les frais.

Oct. 22. EDIT par lequel celuy de Nantes est révoqué, & le Calvinisme aboli en France.

25. On jette les fondemens du Pont Royal à Paris.

30. Decés du Chancelier le Tellier célébre par ses services & par ceux de sa Maison.

M. de Boucherat luy a succedé.

1686.

Janvier.	Nouveaux Ambassadeurs de Siam à Paris.
Févr. 11.	Edit pour les portions congruës des Curez.
Mars 28.	Le Mareschal Duc de la Feüillade éleve une Statuë au Roy dans la Place des Victoires.
Juin 10.	Le Roy arme à ses dépens pour obliger les Espagnols de donner aux Marchands François tout ce qui leur est dû.
Juillet.	Commencement de la Ligue d'Aufbourg, contre la France.
Aoust 31.	Naissance du Duc de Berry.
Sept. 2.	Le Roy procure le Chapeau au Prince de Furstemberg, malgré les oppositions de l'Allemagne.
	Travaux pour conduire la riviere d'Eure à Versailles.
Dec. 11.	Decés du grand Prince de Condé.
30.	Les vœux de toute la France pour la convalescence du Roy.
	Etablissement de la Maison Royale de Saint Cyr, pour 300. Demoiselles.

1687.

Janv. 30.	Le Roy, aprés avoir remercié Dieu dans Nostre-Dame, dîne à l'Hostel de Ville.
Févr. 4.	Carnaval de Venise, où le Duc de Savoye, le Duc de Baviere, &c. prennent des liaisons contre la France.
May 12.	On tasche d'éteindre par voye de fait la

franchise du Quartier des Ambassadeurs à Rome.

Nov. 16. Le Marquis de Lavardin entre dans Rome.
Brest fortifié à la moderne.
Le Roy envoye des Mathematiciens à Siam.

Dec. 26. L'interdit de l'Eglise de Saint Loüis à Rome.
Versailles achevé cette année.

1688.

Janv. 22. M. le Procureur général appelle de la Bulle du 12. May, & de la Sentence du 26. Decembre.

Juin 2. Papachin Vice-Admiral d'Espagne est obligé de baisser le pavillon devant le Comte de Tourville.

Juillet 1. Alger détruit par les bombes, & 6. vaisseaux coulez bas par le Mareschal d'Estrées.

19. Le Cardinal de Furstemberg postulé de 14. voix, le Prince Clement de Baviere élû de 9. voix pour Archevêque de Cologne.

Sept. 16. La postulation du Cardinal rejettée à Rome.

30. LE ROY se met en état de n'estre pas prévenu par la Ligue d'Ausbourg.

Octob. 7. Le Roy se saisit du Comtat. On le rendit à Alexandre VIII.

15. Hailbron pris & abandonné.
Ausbourg paye contribution à la France.

25. Heidelberg & Mayence reçoivent garnison Françoise.
On fortifie Ebernbourg.

29.	Monseigneur le Dauphin prend Philisbourg en 19. jours de tranchée.
Nov. 11.	Monseigneur prend Manhein en 3. jours.
	Spire, Worms, Oppenheim se rendent. On fut contraint depuis de les raser, aussi-bien que Frankendal, Manheim, &c.
	On se saisit de Treves.
18.	Monseigneur prend Frankendal en 2. jours.
Dec. 3.	Le Roy déclare la guerre à la Hollande.
	Ordonnances pour la Marine publiées en un Volume de 23. Livres.

1689.

Janvier.	Creation des Chevaliers de l'Ordre.
6.	Le Comte de Lauzun fait évader de Londres, & conduit en France la Reine d'Angleterre & le Prince de Galles : ils arrivent à S. Germain.
7.	Le Roy d'Angleterre Jacques II. échappé de Rochester, arrive à S. Germain.
	Le Roy cede la maison Royale de Saint Germain à leurs Majestez Britanniques.
24.	L'Allemagne déclare la guerre à la France.
Mars 17.	M. de Gabaret conduit le Roy d'Angleterre en Irlande.
Avril 15.	Le Roy déclare la guerre à l'Espagne.
May 12.	Le Comte de Chasteaurenaud avec 12. vaisseaux met en fuite Herbert qui en avoit 22. prés la Baye de Bantrye.
23.	Le Duc de Noailles prend Campredon en 5. jours. On le démolit.

Le

Juin	25.	Le Roy déclare la guerre aux Rebelles d'Angleterre, & à leur protecteur.
Aoust	12.	Decés d'Innocent XI.
	26.	Le Marquis de Boufters force Kocheim fur la Moselle avec perte de 1300. Allemans.
	27.	Echec reçû à Valcourt.
Sept.	8.	Mayence perduë aprés 48. jours de tranchée
	25.	La paix avec les Algeriens, aprés leur avoir enlevé presque tous leurs vaisseaux.
		M. de Pontchartrain entre dans le Ministere.
Oct.	12.	Le Baron d'Asfeld n'ayant plus ni maisons, ni dehors, ni esperance de secours, rend Bonne, aprés un siege de 97. jours, & 27. de tranchée.
		Révolution de Siam suscitée par les Hollandois, en haine de la France.
1690.		
Févr.	1.	Le Roy accorde le retour du Parlement à Rennes,& quelque temps aprés Sa Majesté fait la même grace à Bourdeaux.
Mars	22.	Le Marquis d'Anfreville conduit en Irlande le troisiéme secours.
Avril	20.	Decés de Madame la Dauphine.
May	20.	Le Comte de Chasteaurenaud venant de Toulon passe le Détroit avec 7. Vaisseaux à la veuë de 23. Anglois.
Juillet	1.	Bataille de Flerus, où le Mareschal Duc de Luxembourg deffait l'armée de Valdec.
	10.	Le Comte de Tourville bat dāns la Manche les flottes d'Angleterre & de Hollande,

	commandées par Herbert.
11.	Journée de la Boyne en Irlande: Schomberg y perit.
Aouft 18.	Bataille de Staffarde, où M. de Catinat deffait l'armée commandée par le Duc de Savoye.
19.	Saluces & une partie du Piémont se rend aux François.
	Le Comte de Saint Ruth oblige toute la Savoye à se soumettre au Roy.
Sept. 10.	Le Prince d'Orange leve le Siege de Limerick deffendu par M. de Boiffeleau.
Octobre.	Les Anglois repouffez avec perte à l'attaque de Kebec.
Nov. 3.	Decés du Marquis de Scigneley.
12.	La ville de Suse se rend à M. de Catinat; le Chafteau se rend le 13.
Decemb.	Perte de l'Ifle de Saint Chriftophle.

1691.

Mars 22.	M. de Catinat prend Ville-Franche, port du Piémont.
31.	M. de Catinat reduit Nice Ville & Chafteau en 5. jours.
Avril 9.	Mons Capitale de Hainaut prife par le Roy en 16. jours de tranchée. Le Prince d'Orange s'en approcha.
May 29.	Le Marefchal de Luxembourg fait rafer toutes les fortifications de Hall.
Juin.	Le Marquis de Boufflers bombarde Liege.
Juill. 11.	Le Duc de Noailles prend la Seu d'Urgel en 8. jours de tranchée.

		Carmagnole prise en 3. jours. On la perdit depuis, aprés 7. jours de tranchée.
	16.	Decés du Marquis de Louvois.
	22.	La mort du Comte de Saint Ruth laisse l'avantage aux Anglois prés d'Athlone.
		Levée du siege de Coni.
Aoust.		Le Comte d'Estrées bombarde Barcelone & autres Places.
Sept.	18.	Le Duc de Luxembourg deffait la Cavalerie du Prince d'Orange & des Alliez au combat de Luze.
Dec.	3.	Le Comte de Chasteaurenaud fait executer la capitulation de Limerick, & ramene en France tous les François & 15000. soldats Irlandois.
	21.	Montmelian pris par M. de Catinat, aprés 33. jours de siege.

1692.

May	29.	Aprés un combat de 2. jours de 40. Vaisseaux commandez par le Vice-Admiral de Tourville, contre 94. des Ennemis, 14. Vaisseaux François furent brûlez à Cherbourg & à la Hogue.
Juin	5.	La ville de Namur se rend au Roy aprés 8. jours de tranchée.
	30.	LE CHASTEAU DE NAMUR se rend au Roy, aprés 22. jours de tranchée, en presence de 100000. hommes commandez par le Prince d'Orange & par le Duc de Baviere.
Aoust	3.	Le Prince d'Orange voit tailler en pieces

fon Infanterie à Steinkerque par le Duc de Luxembourg.

19. Le Duc de Savoye brûle en Dauphiné.

27. Combat de Phorzeim, où le Mareschal Duc de Lorges deffait les ennemis, & prend le Duc de Virtemberg leur Général.

Oct. 8. Le Landgrave de Hesse leve le siege d'Ebernbourg.

19. 20. Charleroy bombardé par le Marquis de Bouflers.

1693.

Janv. 6. Furnes, Place fortifiée & défenduë par 4000. Anglois, prise par le Marquis de Bouflers en 15. heures de tranchée.

8. Levée du siege de Rhinfelds.

Mars 27. Le Roy fait Mareschaux de France Mrs de Choiseul, de Noailles, de Villeroy, de Joyeuse, de Bouflers, de Catinat, de Tourville.

Avril 5. Les Anglois avec 45. Vaisseaux maltraitez & repoussez de la Martinique.

May 10. Le Roy instituë l'Ordre militaire de Saint Loüis.

21. Le Mareschal de Lorges force la ville d'Heidelberg. On la ruine.

23. Le Château d'Heidelberg rendu au Mareschal de Lorges. On le fit sauter.

Juin 9. Roses assiegée par terre par le Duc de Noailles, & par mer par le Comte d'Estrées, se rend aprés 8. jours de siege.

29. Expedition du Mareschal de Tourville entre

	Lagos & Cadix, où les Ennemis perdent plus de 80. Vaisseaux chargez de marchandises, & 3. ou 4. de guerre.
Juill. 24.	Huy pris en 5. jours par le Mareschal de Villeroy.
29.	Le Prince d'Orange perd la bataille, son camp & son canon à Nerwinde. Le Mareschal Duc de Luxembourg commandoit les François.
Aoust.	L'accord entre les Cours de Rome & de France, ménagé par les Cardinaux d'Estrées & de Janson. On eût toutes les Bulles.
Octob. 2.	La Vénerie brûlée en represailles de Gap.
4.	Bataille de Marsaille, où le Mareschal de Catinat deffait absolument l'Armée du Duc de Savoye, des Allemans, & des Espagnols.
	Le siege de Pignerol levé par les Ennemis.
	Le Fort de Sainte Brigite repris : il avoit tenu 15. jours de tranchée, contre le Duc de Savoye.
	Le Blocus de Casal levé par les Allemands.
5.	Perte de Pontichery.
11.	Charleroy pris, aprés 26. jours de siege, conduit par M. de Vauban, & poussé par les Troupes commandées par le Mareschal Duc de Luxembourg.
Nov. 26. & suiv.	Les Anglois tentent inutilement de brûler & de renverser Saint Malo, avec des bombes & un Vaisseau extraordinaire : l'Ingénieur y perit.

1694.

Fevr. 4. Decés de l'Abbé de Longueville le dernier de sa Maison.

May 27. Le Mareschal Duc de Noailles deffait l'armée Espagnole prés du Ter en Catalogne.

Juin. 7. La ville de Palamos prise d'assaut par le Mareschal de Noailles.

10. Le Château & la Garnison pris à discretion. Le Mareschal de Tourville le batoit par mer.

18. Les Anglois taillez en pieces, ou pris à la descente de Camaret en Bretagne.

29. Gironne prise en 5. jours de tranchée par le Mareschal Duc de Noailles.

Le Capitaine Barth, avec 6. Vaisseaux en attaque 8. Hollandois plus grands, en prend trois, & reprend plus de 100. bastimens chargez de blez que les Ennemis arrestoient.

Juill. 20. Ostalrich forcé par le Mareschal Duc de Noailles.

22. 23. Dieppe bombardé par la flotte ennemie.

27. 28. La flotte ennemie bombarde inutilement le Havre.

Aoust 15. Le Roy fait rendre graces à Dieu de l'abondance accordée aux prieres du Royaume.

TABLE
DES PERSONNES
NOMMÉES DANS CES FASTES.

H

Mar^{al} de Villeroy , 1645.	Wirtemberg , 1693.
M^{al} D. de Villeroy , 1693.	Yorck, 1672. 73.
Vivonne, 1675. 1676.	v. Jacques II.
Weimar , 1638.	Zell , 1675.

T A B L E

des places, actions, & choses principales con-
tenuës dans ces Fastes.

Toutes les places qui ont cette marque (») ont esté prises par le Roy,
ou reünies à la Couronne , de son Regne.

Par tout où on trouvera (B) cela veut dire bataille ou combat.

Rochefort, 1679.
Rochelle, 1664.
Rocroy, 1643. 1653. *B.*
„Rodenhuis, 1678.
Roquette, 1653.
Rome, 1662.1667.1687.
   1688. 1693.
„Roses, 1645. 1693.
„Rotewil, 1643.1644. *B.*
„Roussillon, 1642. 1674.
Roye, 1653.
Saar-Loüis, 1680.
„Saint André, 1672.
Saint Antoine, porte de
   Paris, 1652.
Sainte Brigitte, 1693.
„Saint Christophle,1666.
   1690.
Saint Cyr, 1686.
Saint Denis, 1678. *B.*
„Saint-Guilain, 1655. 57.
   77.
Saint-Godard, 1664. *B.*
Saint Jean de Luz,
   1660.
Saint Malo, 1693.
„Sainte - Menehoud,
   1653.
„Saint-Omer, 1677.
„Saint-Venant, 1657.
„Salins, 1668. 1674.
„Salses, 1642.

„Saluces, 1690.
„Sant-Ya, 1644.
Saverne, 1675.
„Savoye, 1690.
Saxe-Eisenac, 1677.
„Scaletta, 1676.
„Schorndorff, 1646.
Scio, 1681.
Sedan, 1641. 1642 *B.*
Segre, Riviere, 1645.
Seneff, 1674. *B.*
Siam, 1684. 1686. 1687.
   1689.
Sint-Zeim, 1674. *B.*
„Skeingk, 1672.
Soffa, 1681.
„Solsone, 1655.
„Spire, 1644. 1688.
Staffarde, 1690. *B.*
Steinkerque, 1692. *B.*
„Stenay, 1654.
„Strasbourg, 1677.1678.
   1681.
Stromboly, 1676.
Suede, 1659. 67. 75. 76.
   79.
Suisses, 1655. 1663.
„Suse, 1690.
„Tabago, 1677.
Tarragone, 1641. *B.*
Le Ter, Riviere, 1694.
   B.

F I N.

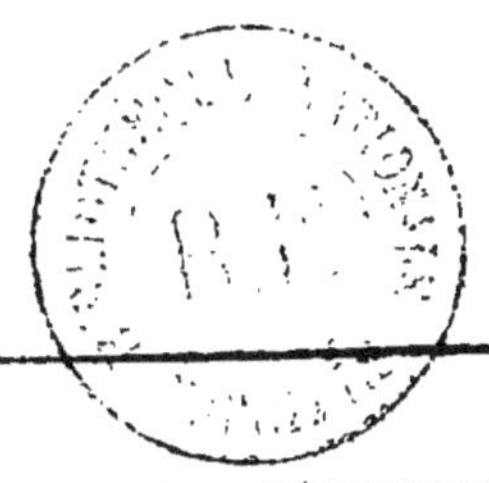